花草箋

何福仁詩集

匯智出版

序

這詩集分兩卷：一是花草箋，44首；二是中國園林，10首。兩者互通。花草是花草樹木的概括；至於箋，本來是小竹片，過去古人用來表識《詩經》，即今人所說的注釋，出於謙敬，不敢言注。僭用箋字，是延伸義。中國園林，當然有花草樹木，那是刻意的種植，經過挑選，受到悉心的培育。但花草樹木，可不限於生長在園林，可以說，本來就在園外，更多在野外，所謂野外，它們其實是這大地的原住民，盤古初開，一直愉快地生活，但一如大部分的原住民，被後來的人剝削掠奪，部分且被馴化了。

兩卷組詩，各自同一母題，卻又各自獨立。寫詩讀詩半世紀，形成了自己一套對詩的讀法和寫法，自以為跟當前大部分寫詩的人有別，不是說他們不好，我只是一直希望寫得順適己意，不避率直，不懂深奧玄妙罷了。拉美傑出的小說家胡里奧・科塔薩爾（Julio Cortázar）認為短篇小說難以周全地界定，更莫說詩；他引一位西班牙幽默大師的話：詩就是我們為詩做好定義之後逃脫出來的東西，它不受規限。是的，從天地第一首詩面世，寫在岩壁，寫在花草叢林，詩一直不停發展、不斷變化，穿越多元的宇宙，走入不同的語言，內容固然隨事隨時遷變，形式則匯通了各種文類，可以說故事，可以演戲，可以寫信，可以論辯，可以考古，可以對話交流，可以自我質疑，沒有不可以的詩。過去現代主義嚴分的小說、散文、報道，久矣不再這麼的一種現代了。詩總是走在各種革新之先，且從不缺席，因為不受宴席所限，可以發表在烏有而無所不在之鄉。然則何妨寫不像詩的詩，那種印象中的詩，只要不造作，意誠；只要有魚，則水清也可以見魚。

《花草箋》的寫作，緣自我無意中翻看清代吳其濬的《植物名實圖考》，看到隰草類的〈過路黃〉，這位狀元說：「處處有之，生陰濕牆砌下」，可見毫不珍罕。我對過去的狀元不無敬意，管他考的是八股甚麼的。我也算認識好幾位，我是指五十多年前港英治下的會考狀元，其中一位且是我少年時的同窗玩伴。因吳其濬的大作而想到，香港的「報春」，恰好另名「香港過路黃」，看照片，絕類吳的繪圖，資料指這是頗能代表香港的植物，在內地則久已被列為「極危物種」，於是浮想聯翩。起初寫了幾首，包括〈香港過路黃〉、〈如果〉、〈荼〉，然後逐漸發展，想到一個可伸可縮的結構。但組詩的結構，你說有就有，說沒有，其實也沒有，不一定要有。我以為最後一首是〈蘋果〉，那是一個藝術家和科學家平行宇宙似的相遇。其間一度因事完全擱下。其後重新收拾，寫出〈花圈〉，庶幾算是把詩集完成，以不了了之。

二千五百年前，孔子教人學《詩》，可以多識鳥獸草木之名。《詩經》中的草，有 113 種，木也有 75 種，都認識的話，那怕識的只是名字，已殊不簡單。此外，孔子還先認定詩的功用，可以興觀群怨。不過我想，即使沒有這些功用，就是讀讀詩也可以自娛，知性之外，那是一種感性的審美活動；至於劍及履及，執筆寫詩，那就更妙，當魔鬼全神創作，上帝應該讓他贖罪，回歸伊甸園。伊甸園想當然充滿花草樹木，除了有一株或者多株是蘋果樹，其他只是不知名，也應該永不凋謝吧，其實不然，《創世紀》說那個被造出來的人，神派他的任務是「修理、看守」。原來上帝的花園還是需要維修，需要看守的。很好，這就增添了人氣而減少了神氣。

而這個園丁，應該是阿當先生吧。至於魔鬼會否願意重返現場，會否仍打花草樹木的主意，那是無從得知的事。這樣說，我豈有高攀的意思，也從來不以為寫詩有甚麼了不起，了不起的是，無利無名，年紀草草過矣不惑，居然還在寫，難免有點得意。

真要多識花草樹木，還得到人間的園林去，差可逐一指點。曾隨西西去蘇州、揚州等地看園林，平均每天看四五個，滿腦子都是花草樹木，流水、假山，亭軒，園名記得，卻再不能辨別。西西可是樂而不疲，認為天地本來就是一個園子，不過園裏有園，各有不同的賦性，不同的際遇。那是她寫作園林的時期，前後寫了八九篇。我從驚夢裏醒來，大約在 2000 年，也寫了十首詩，最後的一首是〈清暉園〉，不及發表，不知躲進哪一個假石假山去了。清暉園是廣東名園，跟我母親的遠祖有點疏堂的親緣，不過歲月流轉，已成陌路；西西前後去過三次，寫了篇近二萬字的文章。她喜歡細節，也看到許多尤其是空間的細節。世事幻變，轉眼滄海桑田，她尋根究柢，仔細的描述，原來是抗拒遺忘，自然，記住，似不經意。

我那九首「中國園林」就收在《飛行的禱告》裏。這詩集我在一所書店裏看到放在宗教類，內心竊喜，證明我受寬恕了。第一首〈寫園〉，是嘗試把「園」字拆解，「口」字裏有許多的籌劃經營，矛盾的是，這一面囿於一隅，隔離煙火，且不管人間死活；另一面，倒是心靈難以恬適，俗世昏亂，你其實不能管，也無能管。園林之建，大抵如是。問題在，普通庶民又豈有建園的條件呢。我說「因為拙於政事／只好留神花草」，寫詩再而結集，我以為跟建一所私家園林沒有太大的分別，可簡易得多，不費錢財，更沒有人事的糾葛。不過《飛行的禱告》一集，西西有點不爽，因為錯別字不少，例如「網師園」我寫成「網絲園」：你怎麼沒有好好校對，出一本詩集可不容易啊。我倒大言不慚，何難之有，再出兩本看看。其後我確乎用心出了兩本：《孔林裏的駐校青蛙》、《愛在瘟疫時》。我如今整理西西的遺稿，再見〈清暉園〉，我把那九首稍加修訂，其中一二索性重寫，一併收在這詩集裏。這詩集她再不能看到了，轉念一想，其實又有甚麼可惜的呢。

—— 2023.4

目錄

卷二　中國園林

附錄

卷一

花草箋

如果

如果我會說花草的語言
用枝葉，用花朵
在不同的地域
氣候，季節
帶一種泥土的味道
而不是象徵、轉喻
扭曲而費解的符號
如果，花草也願意聆聽
原諒我們的放肆，願意
和我們修好
這大地的資源
原本可以共享
不用費神找藉口
欺凌、掠奪
在人類宰制的地圖上
把大片大片的綠刪走
由大塊大塊的洪荒取代
到頭來，如自食其果
如果，我沒有忘記
我們來自大自然
從藍藻，毛蟲
小小的一枚種子
我們曾經是同類

花草讓腦袋恬藏地下
或者潛入水裏
我們呢，爬到頭頂
不懂謙卑如果
變得喋喋張揚
用語言，用血緣
把天地和自己
割絕了

樹想

他的腦袋羞澀地深埋在泥土下面
於是思想史上沒有他任何一頁
幾行也沒有，好像
只有頭顱乖乖地長在頸上
必要時可以送上斷頭臺
這才會有正確的思維
用兩條腿走路
物流才會順暢
而且分左分右
分前分後
各有主管
那麼安排妥當
就到了天堂，然後
可以俯看眾生差異
區別等級，規定準則
萬事萬物從此
安了本分，也有的
分配了夢想
他呢，是否太窩囊
只會向上伸展
但誰懂得樹木的手語呢
每天在癡癡地守候
陽光、雨露

會為那麼一點點灑落
而心花盛放
可是太過熱情又受不了
活着，就是如此這般
別問他存在的意義
那是思想史的關鍵詞
他根本不讀書，雖然
書頁其實是樹葉

他呼吸，和人類交換氧氣
總在暗地裏
心虛似的
他也睡眠，在沒有月亮的晚上
咳，他竟也有想像
幻想自己像鳥一樣飛翔
會唱歌，只要風一來
問題在，誰會留神
聆聽，誰會生出接收
不同聲音的耳朵？
是的，他也有性別
可不懂得判別
因為色盲，所以歡迎所有
炫目的色彩
高興的時候
繁花茂葉纍纍結子
他自詡這是一生最輝煌的表演
希望每年上演一次
但大家習而不見

以為理所當然
只有猴子、獵豹
各種各樣的雀鳥
那些人類眼中的弱智
會對他表示支持
他為靈長類提供民宿和食物
笨得不會收費
不會學地產商那樣
數着樹葉似的鈔票
他接待雀鳥
還替他們看護雛鳥
獵豹呢，開餐的桌子
他見過花豹拖着一隻長頸鹿上來
獵物比獵手重五倍
他袖手旁觀，不會道德批判
不會像人類那樣喋喋
説大自然自會調節
他是否太冷漠呢

只是一次，故事還沒有完
你再聽不下去也沒法子
一個頑童用彈丸
打下巢裏的鳥蛋
生命來不及成形
父母就讚賞小子眼界精準
將來，可以買股票
但他聽到雛鳥的父母
在另一樹枝頭淒厲的哭泣

一個鳥類學家
還說多麼動聽啊
大自然的歌聲多美妙
於是他知道，人與人
的感情尚且不相通
莫說人禽之別了
於是，他終於明瞭自己
為甚麼沒有進入思想史

——2021.2《慈茹詩社》

樹想

茶

1842 年後，它的祖父的祖父正式移籍英國
居住在皇家的邱園
成為其中五萬多的品種
受人觀賞，而非飲用
算來無數代了
它自知不及白鵑梅、黃杜鵑的好看
都同樣是洋人福鈞千辛萬苦[1]
把它們輾轉帶來
它原鄉的舊親戚想問：
生活還好嗎？
　　——以往是不敢問的
　　　　只怕人家嫌它窮親戚太多
語言早已不通了
祖父的父親是混血兒
你知道，天時地利恰好
混血兒大多會有漂亮的外表
不同文化的精髓
基因可以轉座子
卻也不容易
還需要悉心的培育

1　羅伯特・福鈞（Robert Fortune, 1812-1880），蘇格蘭植物採集員，先後受僱於愛丁堡皇家植物園、英國皇家園藝學會，剃頭偽裝成中國人，深入中國內地，運回了兩萬株茶樹。

要耐寒，在溫室建造之前
在沃德先生發明密封的玻璃箱之前[2]
種子只能措置在木箱
或者盆罐，有些
覆上牡蠣殼
像囚犯，澆水時才放風
空氣裏都是鹹味
而不是氧氣
不是商務客位
而是下等船艙
與蛇鼠同窩
南下，經赤道，繞過好望角
氣候忽熱忽冷
渡過顛簸的重洋
要耐心，沒有歧視
互相學習、調適
祖父的祖父這才存活下來
數數，不過是少數的倖存
但之前的之前，要是我們會回顧

那不是光榮的歷史
對彼此；當飲茶的時候
可知道，這原來是鴉片的替換
英國人喝茶成癖

2 沃德箱（Wardian case）乃倫敦的沃德（N.B. Ward）在 1829 年發明，讓植物可以在密封的玻璃箱裏存活，得以遠渡重洋，由此興起生態，以至政治的變革。

以為生意出超
貨船從每年去華一次
加去三次，東印度公司的船隻
叫希望號，滿載鴉片

人家喜歡飲茶
中國人呢，愛上了罌粟花
猛吸一口，真以為從此得道
再吸下去人就成仙了
林則徐於是下令銷煙
在虎門海邊
挖兩個沙池，大量灑鹽
把二百多萬斤鴉片投入
再投入石灰
匯通大海
岸邊的煙民無不涕淚直流
洋人呢，見財化水
徐貶逐新疆途中
聽到八國聯軍入侵的噩耗
彷彿也看到熊熊戰火
一艘艘堅船上了岸
滿人拎起對抗的是煙槍
英國首相格蘭斯頓也會抨擊說[3]：
這會是永遠的恥辱

3 格蘭斯頓（William Ewart Gladstone, 1809-1898），當議員時反對因鴉片貿易而開戰，後任英國首相。

園藝家的興趣
還是重瓣的薔薇
一枝莖上開出
顏色各異的七姊妹
是牡丹、月季、杜鵑
都帶有茶香
當然是茶，福鈞手上那一杯
他研究茶樹，茶葉的製作，保存
他和他的前輩
要把圓明園優美的品種
一箱箱送到邱園
讓邱園變成異域的圓明園
他化了裝，從寧波天童寺出發
沿富春江溯流而下
目睹茶葉的來往搬運
熱情，緊張
要是他知道那個瘋子額爾金[4]
下令一把火把萬園之園燒了
只因為那裏曾囚禁外交使節
他一定氣絕；雖然
他去華時不是帶了砍刀
地質錘、中國辭典
更有手槍

4 額爾金是英國貴族的封號，本名詹姆斯・布魯斯（James Bruce, 1811-1863），英國對華專使，下令燒毀、搶劫圓明園。其父也曾劫掠希臘帕特農神廟。

資助他的顛地洋行[5]
原來是最大的鴉片商

生活還好嗎？
它原鄉的舊親戚想問
這泡在水瓶裏的茶葉
表情怪異，不知說的是甚麼
這些中國遊客老是拎着瓶子晃來晃去
一個忽爾停步，對它仔細端詳
這來自武夷山啊
當水瓶打開，茶葉就沖到水面
有點面善，如幻似夢
可又茫茫然記不起來

——2021.12《字花・別字》

5 顛地洋行（Dent & Company），又稱寶順洋行，在十九世紀四十年代，是香港最大的洋行，主要從事鴉片交易。洋行原址約今置地廣場。

歡迎踐踏

歡迎踐踏
有甚麼不可以踐踏的

不過是草地罷了
不過是人類
野餐的
桌布
用後環保
放進垃圾桶去

有甚麼不可以踐踏的
文明，人類的
就是這樣一路掃除
一路樹立

——《南瓜瓜詩刊》

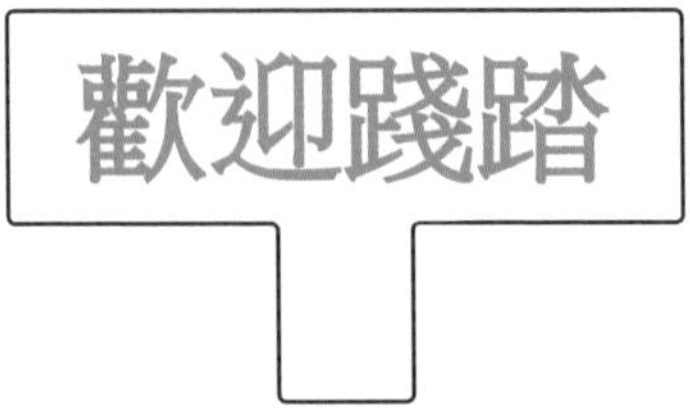

花草性別

花草樹木也有性別
當然有的，他們
不自知而已
要是他們識字
當知道高大、健碩的
松、柏、榕，是雄性
不必說雄赳赳的木棉了
挺直，就是男性的象徵
他們會從石頭、酸土昇華
並且像偉大的父親
包容弱小；大自然
是他們的創造
柳是陰性，每逢月夜
就纏綿旖旎
開始發瘋
叫動物吃不消
所有的攀緣，像夜來香
七姊妹，都不獨生
要依託喬木
憂鬱，自閉，戀父
全都柔弱、單純
終生自我壓抑
是不完整的生命

由雄性的枝幹做成
也有的，不男不女
半男半女
匍匐在地上
麥冬、金葉過路黃
鋪地百里香
即使是大王花
欠缺生殖的能力
都是怪物，沒有靈魂
別以為專家會胡說
試讀讀有關他們的書

詩後彩蛋：
李時珍著《本草綱目》，據說是由於失去家庭温暖，於是長年遠走深山，採摘野花。司馬遷更不得了，被閹割後，飽受性壓抑之苦，才寫出偉大的《史記》。

——《脆麻花詩刊》

十姊妹

過路黃(二)

過路黃(一)

香港過路黃

是生長在路邊
在陰濕牆砌下
在林緣
拖蔓鋪地
所以出身不好
只當是雜草？
一次，官僚為了鞏固山坡
用泥漿覆蓋
這土生土長的物種
瀕臨極危
但它有頑強的生命力
一點陽光雨露
就可以繁衍
不需揀選地點
也沒有挺拔的身形
跟苞舌蘭、胡蔓藤為伍
外人就以為它是雜種
誰又是徹底的純種
請站出來？
基部生出匍匐枝
莖短，葉子全緣
寬如蓮座
妙在前後披滿硬毛

經得起風雨
葉脈長出黃花
小小的五瓣
當大地耽睡，眾芳凋敝
它最早報春
喚醒所有沉睡花草
的感官，對生活的嚮往
再自高自大的喬木
對它也要另眼相看

——《紫荊花詩刊．試刊號》

書帶草

你生長在渠溝旁
假山石下，岩縫間
耐寒，喜陰濕
曾目擊多少言情故事
從這裏開始
夜鴉三兩聲酸苦的前奏
野貓伏在簷頭
竊聽了他們
胡湊急就
三及第的言辭，還看到
古怪的圖像、符號
在小小的屏幕上閃光
正兒八經的詩詞
你難道就懂麼
只是終身私定
豈能這樣草草
沒法子了
時代畢竟不同
滑板把他們送來
繁花開在頸背
手臂、足踝
父母給予的身體
他們另做一層皮膚

別以為這就是終結
總是曲曲折折，出人意表
你彎垂入陰暗處
柳梢灑下的月色
有時圓，有時缺

——《脆麻花詩刊》

書帶草

草

我剛在草地上午餐
感覺良好，幾天前在熒屏前
看球賽，滂沱大雨
貓和狗都落在溫布萊
可草地漂亮極了
我想起成語：草綠如茵
這時候球評家讚美球場
歸功於排水工程
中國水墨遊山玩水
對草地，可也從未表揚
我們不大理會腳下
卑微的東西
它支撐了所有的華麗
雜草多了，卻認定
是要清除的芳穢
桑麻長得好
那是土地肥沃
卻又害怕霜霰降臨
只有牛羊才會低頭細嘗
給它一個讚：
好味道

——《酢漿草詩刊》

檜

沒有比這更詭異的樹
我仰起頭來，只見
樹幹縱深的條紋
一直緩緩升高
幼時樹冠規矩整齊
長大後忽爾螺旋
叛曲；對生活，對世情
有了許許多多的意見
枝條斜斜伸展
開始蛻變
針葉變成鱗片
變成巍巍站直
深思的身影
拒絕朽腐
並且散發芳香
可以化身各種用途
只是有的守護墓林
一守二千五百年
會有人嚇得對着影子
猛蹬腳，也有人借來
膜拜祈福
我呢，只想到默片時代
那些傾斜的建築

倒掛着吸血的蝙蝠
日落後，群鴉七八十隻
密聚在樹梢
似在守待，似在開會
我好像聽得一隻：老人
不是說，未知生，焉知死麼
一隻答：它
已死過許多次
只待一聲蟬鳴
就會蘇醒過來

——《還魂草詩刊·紀念號》

先師手植檜

植樹

這真是孔老師手植的樹？
從小小的一枚種子
經過那一雙有力
曾好幾次翻斷了書本的串繩
抑或溫厚，的手
當他提起鏟子種植
自謙不如老農
反而要向弟子學習

這是生命誕生，成長
的故事，那麼一枚種子
有心人會選擇土壤
尋求合適的季節
胚胎、種皮、胚乳
悉心的灌溉、培育
更多的，只好自生自滅
有賴堅實的外殼

然後萌芽
到長成高大的樹木
花繁葉茂，要多少年
要經歷多少風雨
紫杉、吊鐘、山楂

披上漂亮的彩衣
或者傳遞芳香的氣味
吸引動物

經歷多少戰火
倖存的話
它會目睹時代的遷變
離亂與死亡
樹木是有感情的
會因為其他樹木受剝削
斬伐，而愁苦
會為人而哀傷

但倖存許多年畢竟值得高興
人埋下泥土，轉眼腐朽了
那是形而下的軀殼
深埋的種子呢
長大後，會衍生無數種子
會記得多年前親手種植的人
儘管，這個人久已不在了
並且自稱述而不作

——2023.1《桃花園》

紫薇

她自小會玩瑜伽
優美地扭曲
長大後更換新衣
潔淨妥貼
雖然纖小不高
葉橢圓，互生
對生也無不可
到了秋天就落下來了
開花六瓣，像皺紋紗
綠色轉成紅紫
豔麗極了
盛開整個夏天
以為美好的事物不久長
她就叫百日紅
結的蒴果，由背室開裂
種子據說有翅

我是從唐詩裏認識她
長於深宮
翰林叫紫薇郎
黃昏獨坐
不知想的是甚麼
紫薇花對紫薇郎

但我看只是寓意平安吉祥
權勢，也不過一百日罷了
平安吉祥，不是夠好了麼

——《雞蛋花詩刊》

向日葵

多麼明豔燦爛的笑
直笑到天旋地轉
把蜂蝶都騙倒了
然後發覺，原來
是顏料色彩的渲染
面向烈日
直笑到瘋狂

就這樣凝定
笑昂貴得不得了
不用等到日落
許多年後，我們才看到
月亮的背面
他看不到了
背彎向自己
扳槍

我們聽到鴉群的慘叫

——《還魂草詩刊》

向日葵

夾竹桃

小明小麗，切勿觸碰
根莖像竹，花朵像桃
看來美麗，其實有毒
——物各有性
　　我也不過是自我保護

無論樹枝、樹液、樹葉
即使乾枯了，也會致命
勿要放在書本裏
更別放到口裏吹
——我可不是法國梧桐

五瓣花冠
有一種微香
白色、粉紅色、黃色
好生吸引人
但即使焚燒
也會釋出毒煙霧
記住，別走近它
——那麼，別打擾我好了

倘被蛇咬
可以用來治療

據說罷了，不要試
治不好蛇毒，先中了樹毒
應該豎立一個警示牌：
生人勿近
最好還是索性砍掉
哪一個白癡把它種植在公園裏？
——那我該長在乾涸的河床
　　或者，在伊甸園？

——《喇叭花詩刊》

含羞草

如果天上那一對男女
據說是人類的始祖
忽然知道自己了無掛搭
在花園裏，情急扯下兩片樹葉
那會有甚麼後果
葉子羞答答地合攏起來
到葉子重新張開
哥姊倆已被驅逐出園了

——《字花・別字》

墨葡萄

是水和墨多年的磨合
是狂草的游走
看似無法
但每一筆畫
都有來路，去向
你揮灑其間
在程式裏變化

我們能否止於看畫
看你運筆塗抹
枝葉大塊暈染點畫
葡萄濃淡錯落
自由酣暢地生長
在紙上，似與不似之間
——真是葡萄麼
藤蔓纏繞，纍纍垂掛
真的是無心寫意
閒抛閒擲？
我們由衷讚歎
要多少年西方畫家
才擺脱羈絆
的物象

豎、捺，收鋒沉穩
是千百回人世的
觀察，狂笑，怒罵
還有詩句的指涉
是個人的身世
際遇，淒風苦雨
對時局的看法
也別漏了黑白叢中
一點鮮紅的印章
那是個人的指紋
蓋上，可別當是補白
而這，也是西方所無
儘管，有些畫家也是詩人
也會簽名在不起眼的地方
甚至躲在畫裏的一角
這麼一來，我們讀畫
還可以讀出其他？
形成了文人畫
詛咒似的
年輪
倘不善驅魔

你的門下，畢竟
曾走出八個
各有面目的畫家

——《龍膽草詩刊》

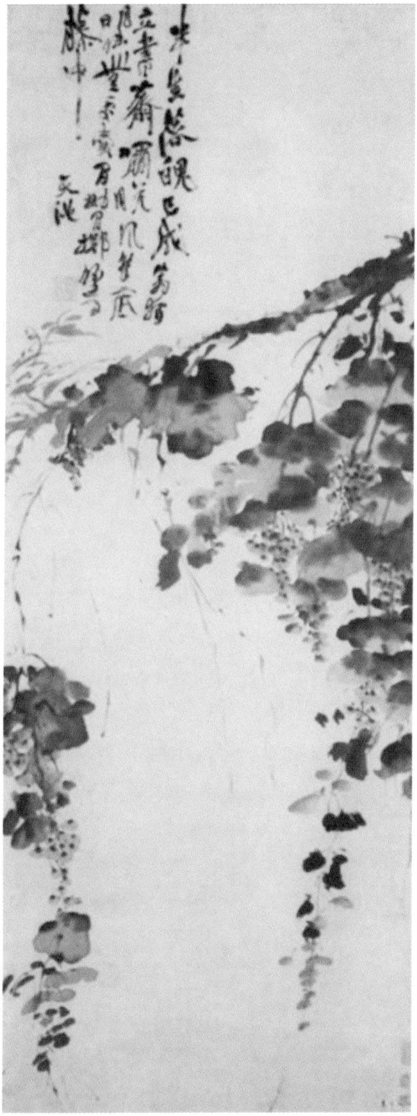

墨葡萄

白千層

你們排列在道路的兩旁
單葉互生，全緣
白花開在枝頂
當新皮長出
可沒有排走舊皮
灰褐、灰白
一層一層纏繞
互相摺疊
再分不出彼此
看似撕裂，其實是並置
我們總是從舊的出發
活出自己的日子
可總有路人說：這樣醜的樹
你們聳聳肩；風來時
落葉可以在上面書寫
為甚麼要像其他的樹呢
就是這個樣子堅持

——《酢漿草詩刊》

萱草

吾母還有精神力氣可以煮飯做餸的時候
偶然會煮一種金針菜，乾的燉排骨湯
新鮮的，金針雲耳蒸雞
我都喜歡，只除了金針菜
我往往把它撥開
好幾次，母親卻放回我的碗裏
她說有益；哈，誰不知道
有益的東西都不好吃
後來讀書才認識
金針菜原來是萱草
吃了，古人說可以忘憂
但我有甚麼憂呢，那些年代
搔破腦袋也想不出來
擔憂學業？交給了父母
幼年時只關心打彈子
我的老篤能否稱霸旺角*
家居一帶，全是豬狗朋友
少年時則是天昏地暗踢球
上課，在球場
成年後，出社會做事
勉強可分吾友藝術家阿蔡的愁：
嫌煙酒太少，睡眠過多
幼時常吃母親炮製的

藤條燜豬肉
一次逃學，是許多次之一
她說再一次就別回來
我整夜在外流浪
清晨她就遣派哥姐尋找
體罰不行，就改學孟母
不斷轉校搬家
搬到大埔鄉下
當年，連巴士也不到
吾父呢，也轉到沙螺洞做校長
他對任何人一味嘻嘻哈哈
從未嚴詞責斥我
充其量搖他的頭
抗日時他做過行軍記者
為了逃避日軍追捕
曾躲進荷塘裏
頭頂一大塊荷葉
全身泥污，他說
這叫出污泥而不染
我們面面相覷
沒一個追問結果
他只好自己苦笑
吾母年輕時在洋書院讀書
那是上世紀三十年代
同學許多洋妞
跟她們抽煙、喝酒
有好幾個後來做了修女
幸好她並沒有

香港淪陷時，朝不保晚
她會回到教堂去，每次
神父見了她就說瑪利你好嗎
不要怕；讓她帶回奶粉麵包
但她的祖父，曾是其中較早的華人馬主
所以她不大賭錢，但會在屏幕前看馬
彷彿仍在祖父膝下
我曾給她看韓幹畫的馬
她說肚皮脹大，根本不能跑
龔開的呢，瘦骨嶙峋
是營養不好
跑起來四腳齊伸
都畫成兔子了
她的長兄抗日時是飛虎隊
上了天國；另一位二哥出家
到了意大利讀神學
我後來到意大利旅行
她總要我留神，看會否遇上
一個姓張的神父
他個子小，跟她一樣
應該也有七十多歲了
忽爾就哭起來
而我其他兄姊逐一成家
之後，移民走了
有一年到外國探親
兩個小侄女嘰嘰咕咕
說的是英語
我難受極了，後來再想想

樹木可以接枝，可以移植
適應泥土最重要
我告訴她，我們說的只是家鄉話
到頭來，原本的一個家
就讓我和她
留守，晚年她終於承認
這個最不乖的么兒
是她的最終成就
一次阿蔡忽爾來訪，我想
母親見他那麼一個爆炸頭
邊幅不修，死定了
誰知他們互相點火
一起抽煙
但她不許我抽煙
要抽，抽她的
別人的，不知有甚麼添加
後來是我不許她抽
收拾她的房間時
偶然會發現她藏起來的煙包
我當若無其事，七老八十
難道還要禁制那怕是無益的樂趣
最後是她自己不得不放棄了
酒呢，她限我每次一杯
我一直遵守不違
每次，一杯一杯復一杯
想到李白的詩句：
兩人對酌山花開
想到，我們對自己的父母

認識有多少
諒解呢又有多少

萱草，書上說它根莖粗短
披散、肉質；耐寒
耐乾旱，可以生長在沙質的土壤
花瓣六片，兩輪排列
向外伸展，高於葉，花萼反捲
盛開時，山間一片橙黃
這個我可以想像；然後
我讀到：花開時要好好觀賞
它只開一個早上

——《還魂草詩刊》

＊ 一種細齒方胸蛛，名豹虎，港童稱之為「金絲貓」，養來跟其他打鬥；不織網，擅跳躍，好鬥，最能打的叫「老篤」。但我居住大埔時，小朋友也鬥金絲貓，奇怪卻拒棄老篤參與，客家語稱之為「扯眼仔」。最受歡迎的是「紅孩兒」。

萱草

榕

颶風的日子
我們都害怕極了
東傾西歪
無數橫腰斷折

只見他
張開大傘
迎風拂舞
根鬚四面飄垂
淡定，轉卸風力
蔭庇了
背後我這一株……

平日我們就當他
退休多年的長者
也許年輕時多做運動
高大健碩，頭髮濃密
只是滿臉怪異的鬍子
也不知藏了甚麼昆蟲
據說鬍子着地就成為軀幹
看來真有點猥瑣
像丐幫
可鳥兒喜歡

吱吱喳喳
偶然也有人坐在樹下讀書
曾有一女子，在讀
《樹上的男爵》
把一株樹，讀成一個樹林
一個小小的地方，成為世界

直到一顆小小的種子，丟下
鮮黃色，再變成橙紅
鳥兒都不知躲到哪裏去了
會回來的，風過後
我是這樣相信

——《慈茹詩社》

柳

一天，在河濱公園看到一幕劇
是喜劇、悲劇，抑鬧劇
或者有不雅用語，兒童不宜
事情怎麼開始，我怎麼知道
在大爆炸之前？
將來，我豈能未卜先知
你到底要不要聽故事？
是這樣的，一個雙手紋花
的滑板妹
和一個文青道別
她去外地讀書，移民？
我又怎麼知曉
你可是知道他們是要道別了？
別老在打岔
書生，看來還在中文系讀書
好像是奇怪的配搭，其實也不是
今天考古系的學生，也會寫
稀奇古怪的現代詩
寫現代詩的傢伙
居然也在研究《論語》
可不是，或者會撞出火花
只見他撫着一株柳樹，然後
緊握着一枚柳條

斜目四顧
我呢，為免成為「不容攀折」
的幫兇，原想轉臉
他已經用力拉折
臉面青筋暴現
　　　　　　可是
折不斷柳條
滑板妹問：發脾氣
對一株樹？
他喘着大氣說：
送別時
長亭折柳
是最最
最浪漫的感性
就因為折不斷
草木有情
半留相送
半迎歸
黐線！你老味
我是和你分手而不是分別

——2022.5《無花果・試刊號》

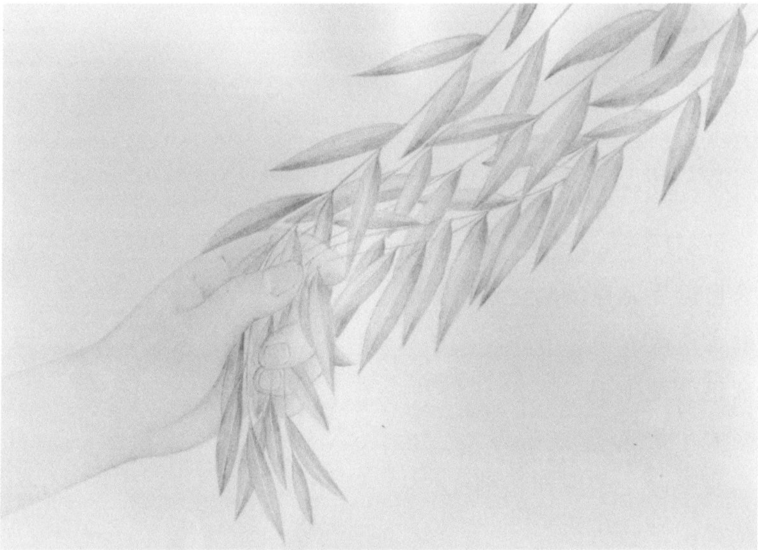

柳

人心果

你是移民
來自世界老遠的另一邊
鄉音無改
卻也就地生根
高大，常綠
葉質堅硬，密聚在枝梢
花果由葉腋生出
纍纍下垂，看來
粗糙，卻軟熟甘甜
多汁，教我們勿光看外表
堅實，像石頭
還要看他結的果子
我的父母輩
也是這樣子來了
為了餬口為了戰亂
為了各種各樣的原因
像鳥，選擇樹木
而不是樹木選擇鳥
當風雨交加
所有的鳥都飛走
樹木仍然屹立
在出生的地方
人心思變

你呢，隨遇而安
踏實地生活
你沒有鄉愁
我也沒有

——《紫荊花詩刊》

菊

你不是你，許多年前
他們看你其實看的是他們自己
高潔，悉心的培育
雜化出百態千姿
葉片披針，粗鋸齒
羽狀淺裂，背披一層嫩毛
白色的花序重瓣擴衍
包圍內裏的黃花盆
喜歡陽光
誰不喜歡呢
卻也經得起秋末霜雪
把心事在泥下收藏
沖淡到了極致
反而渴望見光
當眾花悄退，這時
悠然一片金黃
舌狀、羽狀，捲瓣
逸客摘來送酒
觀園女子借來作詩
歌詠它能解語
感歎它隨風凋亡

——《脆麻花詩刊》

菊

臺灣相思

你到了臺灣，也許
才有這麼一個淒美的名字
你伸出細長彎曲的枝條
單葉而互生
扶持聚居，宜作防風林
或者遮蔭
你耐旱，不嫌瘠薄
酸土、沙質土
哪裏不可以呢
年幼時，葉子作羽狀複疊
成年後，為了節約水分
真葉退化變小
成為假葉，體內
流的仍是殷紅的血
夏天的時候，長出
細小黃花，一陣幽香
樹皮和駱駝蓬子熬湯
可以祛風濕，解抑鬱
但有情人的相思
豈能根治

——《字花‧別字》

臺灣相思

大王花

沒有莖，沒有葉
卻是世上最大的花朵
寄生在熱帶雨林
爬藤植物的根莖上
躺平，沒有傷害宿主
否則，那麼壯觀的一朵
豈不成為枝葉的負累
出名除了大塊頭
還因為惡臭

那年酒店的經理向我們力薦
快快去看，大王開花了啊
趁入夜前，只開四五天
好一頂大得嚇人的花冠
一生，紅豔燦爛那麼一次
之後腐爛成漆黑的一團
喪失了魔法
碎為無數極小的種子
只望黏住野豬、野兔的腳
帶它們尋找新的宿主

一位年輕的導遊帶領我們
走進熱帶雨林尋訪，起初

還有一段山路，不多久
沒有路了，唯有
抓着樹根草頭攀爬
這可苦了阿果
她只有一隻還算靈便的左手
要想走回頭，也不可能
連導遊也迷了途
會有蛇，會有野獸？

這時聽到另一邊有人聲
連忙呼喊，循聲過去
原來一個導遊，幾個洋客
地上，好大的一朵大王花
橘紅豔麗，五瓣綻放
花心一個圓洞
容得下嬰孩
內裏彷彿有刺
開花之初，有微香
然後才散發腐臭

名滿天下，謗亦隨之
以往說它吃人
參演過無數獵奇電影
總扮演歹角
近年，仍訛傳它食肉
像毛氈苔、豬籠草
其實只是吮吸訪客的養素
腐臭，是要驅走

食草動物，同時投逐臭
蚊蠅的喜好
好替它傳播花粉

花粉是濃稠的黏液
仿似污穢的
鼻涕，黏在蠅蟲身上
飛到其他遙遠的叢林
但臭和香，是絕對的辨識
抑是不同的角度？
我們隨這團人離開
回頭，大王花消失在密林裏
那麼善良好看的王者
人類從未成功培植過

——《雞蛋花詩刊》

大王花

銀杏

第四冰川降臨
恐龍滅絕
你呢，避地溫暖的
中國南方
成為獨存
你的同類，在世上
早已消亡
靈通貞定，從容
化解各種病毒
抵抗劇變的氣候
高大，扶疏
蒲扇葉片分叉
始自幼年，雌雄異株
花粉由風力散播
有的，移居外國
讓異域的詩人多情地說：
一個生命本體
離離合合成雙*
秋深時，換上一大片金黃
隨光映照，雅致奪目
長壽，然後可以燦爛地
笑到最後

——《還魂草詩刊》

＊ 參歌德詩：〈二裂葉銀杏〉（Gingo biloba）。

竹譜

族譜説你不剛不柔
非草非木
那你是甚麼東西
山海經為你證明：「其草多竹」
你是草叢了
可那是甚麼的一本書
稀奇古怪，讀着有趣
但誰會當真
看你的模樣
高高的兩枚瘦竿上長着對生的葉子
或者你不甘心匍匐在地上吧
那就不好説你是草了
這是你的意願
植物界裏就有這許多的分類
偽科學，你説，以訛傳訛
你挺拔的身軀
可又有人把你劃入木的家族
但你沒有身份證
明確些，是你沒有這木族的年輪
這始終是講血緣
講出身的社會
難以歸類是否有點孤獨
你説，我永不落單

我的家譜龐大
只是流離各地
久了各有賦性
我們和而不同
但我從沒忘記
我是竹

生長在岩陸也生長在水灘
往往不可以選擇
裏面有說不清楚的前因
只好自己努力更生
要不避濕熱也不忌燥寒
但太肅殺
誰也沒有辦法
竹罕少過黃河

你說，把我看成君子
外直中空，襟懷若谷
彰顯氣節，寧折不曲
呵呵，多謝賞面
但何需過分的解讀
是沒見過實心的節竹、般腸竹
沒節的通竹、棘竹
還有盤曲，會玩瑜伽的風水竹
是挪來安撫邪惡的環境
不平靜的心靈？
誰會相信，一節可以做船
百葉竹，一枝枝條長出百多竹葉

漂亮是不，但有劇毒
吃了棘竹筍，會掉髮清額
要戴上竹帽
弓竹，不自立
老在尋找倚靠
篠簩竹，越女拿來試劍
復仇，為消失的國度
甜竹，苦竹
標籤都來自人類的舌頭
真是罄竹難書，你說
我寧願做攙扶的竹杖
搭建樓宇的竹棚
跟青梅玩竹馬
會唱歌詩的竹枝
筱竹，成簫成笙
竹瓦、竹筏、竹薪、竹書
美味的竹筍
只是一旦開花就鉛華落盡
忽爾消失
六十年，一百年
還是暫隱山林
無須與梅蘭菊作伴
傳報平安就好

——2022.10《桃花園詩刊》

竹花

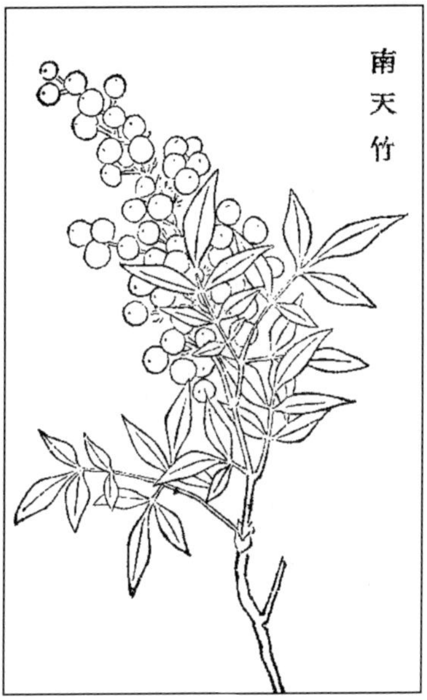
南天竹

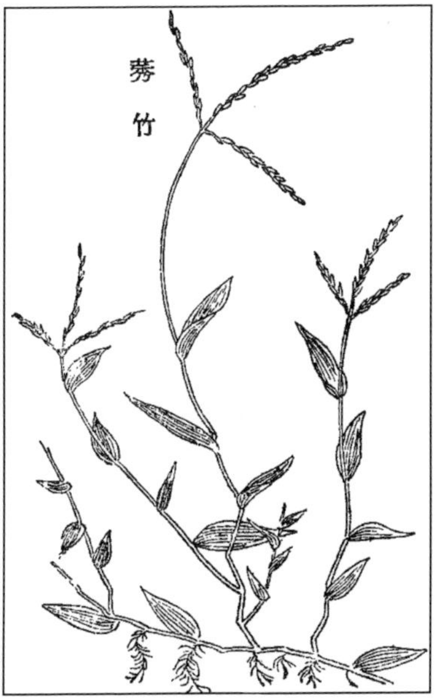
莠竹

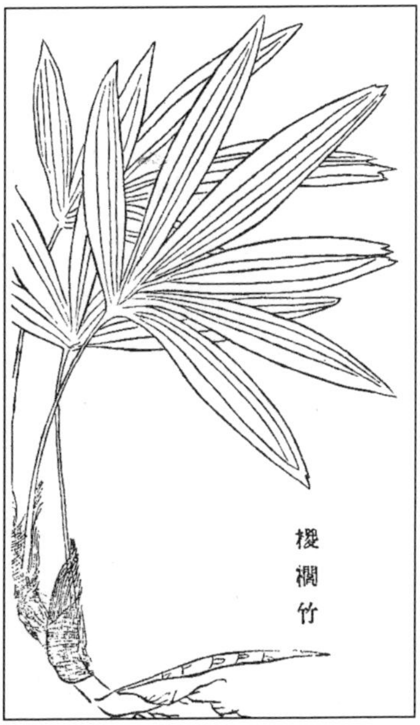
椶櫚竹

向一枚茄子學習

在朋友的菜館跟你相遇
這自是你經常出沒的地方
朋友把你從廚房捧出來
向我們介紹，看哪
茄子最好的去處
是人們的肚子
烹調可以有數十種方法
涼拌、蒸炒，還可以焗烤
就是加一點絞肉，柴魚，蒜末
已有滋有味了
營養全在那紫色的外表
抗三高，防失智
是否有點像寫詩？
真是不倫不類的比喻
繆思來自舌尖？
我當然見過許多茄子
也吃過不少茄子
只是這一次
的確有點特別
見你年紀不小
皮膚有點剝落
可仍然漂亮，飽滿
神采飛揚

我真要好好向你學習
和你大力握手
又怎好意思
把這麼一個朋友吃掉

——《酢漿草詩刊》

梧桐

我的鄰居梧桐病了
癩皮狗不再來擦背
不再撐起一條腿
撒尿，你注意到麼
總是那一條右腿
我請烏鴉先生想想辦法
他是長期的免費住客
他找來赤腳大夫啄木鳥
大夫二話不説
在樹身啄呀啄的
找出兩三木蝨
但大塊頭還是發燒
朝來風寒，更兼細雨
到黃昏，他涕淚點點滴滴
咳得搖下好一大片樹葉
他平日不是頂威風
誇口甚麼我不溫柔，但俊秀？
我於是想，是中了新冠肺炎
被人類感染了？
從來沒有人會替他體檢
即使號稱會樹木語言的專家
大不了，把他砍掉
上個月，就有一株石栗

忽爾慘叫，倒下
不是把一輛名車壓扁
也傷了路人
休想可以上頭條
他要隔離麼？
怎麼隔離呢
我就住在他旁邊？

——2023.1《字花》

沒有名字的樹

那龐大的園子只有一種樹
沒有人知道它的名字
是樹自己走在一起還是
園主的意思
他喜歡整潔
討厭雜亂
同一樣的枝幹
同一時間開花
一起落葉，在秋天
不會早不會遲
陽光和雨水平均分配
不許，也不用，吵嘴
要是鳥兒不來做巢
是怕找不到回家的路
可以參觀園子的平面圖
盡有稱職的導遊
要是偷竊的猴子不來光顧
以為不會笨得只吃一種果子
其實，那保證了健康
要是刺客啄木鳥也失蹤了
是因為潔淨得沒有蟲蝨
這裏的農藥，很芳香
園子獲得嚴密的保護

只是靜得可怕
樹都成了啞巴

——《喇叭花詩刊》

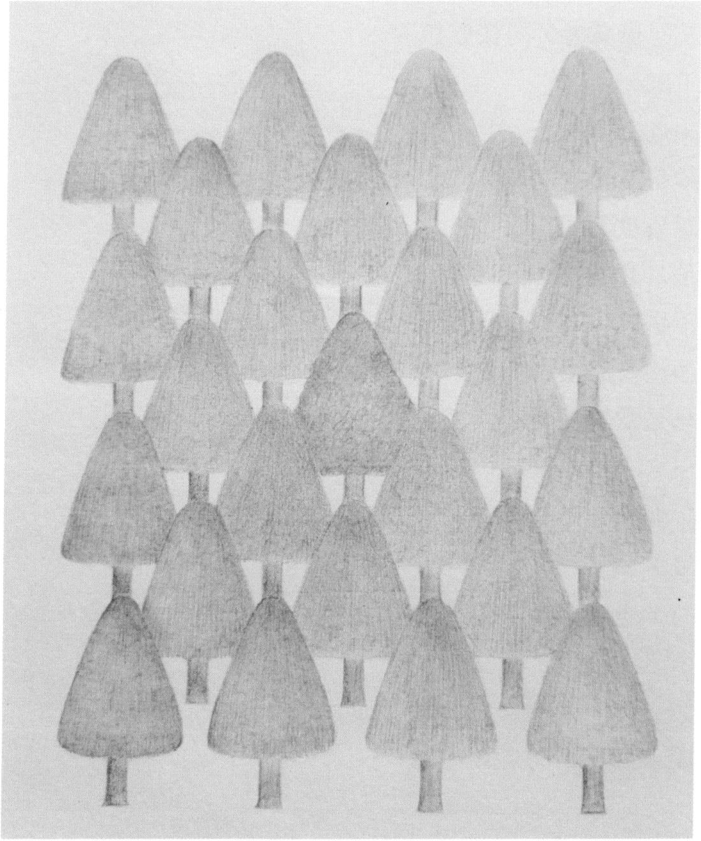

吊床，對臭椿很失望

吊床，對臭椿很失望
它掛搭的兩株
不是因為開花時發出臭味
而是同樣高大，同樣族類
多年來
可相近不相親
不知是互相猜忌
抱怨負重不均
還是甚麼
從不搭腔
一個腰身磨損，一直疼痛
也只是默默承受
説出來，豈不丟臉
另一個卻不斷投訴
位置偏頗
日照缺少，雨露不多
蟲來了，蟻來了
開始爭辯，誰應負更多的責任
到頭來誰也不能自我保護

一天
一隻懶猴睡午覺時摔了下來
見樹木左右毫無表情

牠以為錯在吊床

——《脆麻花詩刊》

金合歡與長頸鹿

再沒見牠來，我也習慣了
許多年前，十多年前吧
這小傢伙八字掰開兩條長腿
要吃我枝幹上含羞草似的嫩葉
癢癢的，真想把牠甩開
讓牠吃去幾片，本來
也是無所謂的
從來沒有一隻吃素的動物
會笨得把一棵蓬頭樹
當仇敵，吃個光禿
總留下生機，不會殺絕
其實就是留下自己生存
的資源，彼此彼此
自我完善
懦怯才會畏怕挑戰
牠每天都到來
像約會，我不知有甚麼吸引牠
是我開了金黃色的花球
可以製香水
但有刺，牠可不怕刺
當我低下頭，對牠打量
也看清楚自己
皮膚粗糙，白褐色，多枝節

面對的是一隻奇異的
動物，完全不對稱
頸長，腿長，前腿又比後腿長
頭顱小小的，豎起
兩隻雷達似的大耳朵
原來還有短角
一身斑塊的網紋，於是
我多麼希望快點長高
賽過牠的脖子
那就好玩了
但心急不來，轉眼間
牠已經長得 7 至 8 米高了
舌頭差不多舔到我的頭頂
就當是濕吻好了
我已習慣牠的到來
我們語言不通
牠不斷呢喃反芻，然後
我朝開晚閉二千〇一次
牠少來了，逐漸
有時每個月才出現
一次，再看見牠時
脖子有了不少傷痕
大概是和其他長頸打架
互相用脖子拍打
值得拚個死活麼
不過是爭花吃醋
不過是爭逐地盤
再後來，牠偶爾還會來到樹下

探訪老朋友那樣，牠仍然
反反覆覆叨嘮
我始終聽不懂的語言
但有甚麼關係呢
也難得跟我廝磨
用牠斑塊殘損的外衣
才十多二十年
我看着牠長大，老去
我盼牠來，沒來
牠一定另有去處
終於，我也開始習慣
沒有牠的日子

——《酢漿草詩刊》

莨菪

丹麥王子哈姆雷特的父王在花園睡覺時，叔父用毒汁倒進父王的耳朵，把他殺害。莎學專家都認為毒汁來自「天仙子」(henbane)。這仙子降臨中土，中國人稱之為「莨菪」，「其毒有甚」云云，早在漢初《史記》已見記載，卻同時說明是可以救人的良藥。

莨菪不會問生存的意義
於是也不會懷疑
大部分的書都把它錯過了
連名字也不會唸
我在一本古書上和它相遇
大概唸成「良蕩」吧
嚇了一跳，無意中
解除了它被禁制的咒語
它原來定性為有毒
是邪惡的
　　　　劇毒
令人癲狂
即使遠隔重洋
那麼一小瓶毒液
放進耳腔
也足以喪失一個王國
失去皇后

喪禮的殘羹變為
婚禮的豪宴
亂倫
王子成為瘋子
鎮日呢喃
生呢還是死。
一陣惡臭
千里以外傳來
我通身發麻
開始幻視幻聽
被它的腺毛黏上
昏昏然，不辨方向
引入它宿萼的迷宮
面紅耳赤，口乾，失語
書本警示我：嚴重的話
瞳孔放大
神魂離散
人會急遽死去
我看到的不過是戲劇
不過是繪圖
不過是詞語
這就受到傳染？
我大聲呼救，我是這樣的無辜
從未，也不會，聯群聚黨
不會作奸犯科
然後，我讀到遠古的中國
一位醫師用莨菪做藥
治好了土王難產的妃妾

誕下的兒子，正常，健康
醫師以毒攻毒
告訴我們，另外一個名字：
天仙子
只那麼一個名字
同一物事
是邪魔，抑或是天使
我霍然痊癒了

——2021.8《還魂草詩刊》

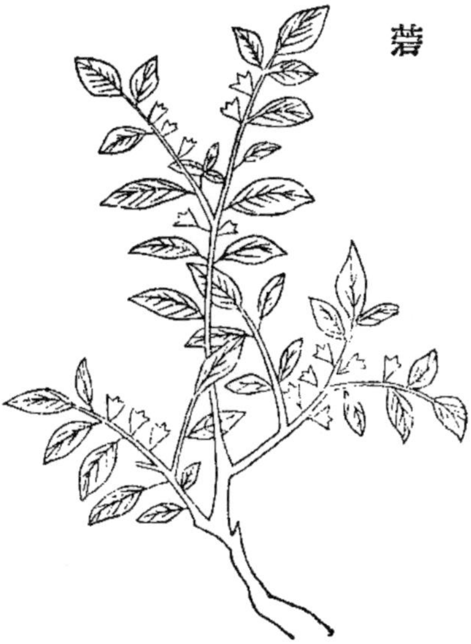

莨菪

我從不羨慕鳥兒

我從不羨慕鳥兒的飛翔
飛到東，飛到西
說是旅行吧
去看白海豚
去看大群河馬擠在河裏
脾氣壞透，原來全都有牙周病
狒狒和大象在小溪喝水
塵土飛揚，骯髒
飛到馬槽匹槽
你愛上了一隻和善的羊駝
高原上的愛情
會有甚麼結果

數金字塔
　　　　一座、
　　　　　　　二座、
　　　　　　　　　　三座
幾乎中暑，在獅身人面頭頂歇歇
送它兩根紙莎草
　　　　　　　當鬍鬚

不用說，你可以
對着巴黎聖母院的怪獸做鬼臉

閃回梵高開槍的麥田
告訴他，藝術無價
向日葵是最最昂貴的畫

在高迪有趣的樓頂野餐
由戴頭盔的武士侍奉
不過是遊客的餅碎
去監督聖家大教堂的工程
森林變成了石頭與鋼筋
但你後後世的子孫到來
它還是老樣子：沒有完成

黃昏時查理大橋
金黃色，在聖徒的雕像上
做夢，也是金黃色
看遍了布拉格舊城的房子

在倫敦黃牛了一場阿仙奴的球賽
半場休息時你也在草地熱身
在湖區遇上大雨
貓和狗從天落下來
躲進詩人的鴿居
不大可能吧，遇到柯立芝
正在尋找他失落的半首詩

飛進土耳其看藍廟
在喚拜樓上，可誰會聽到呢
你叫出第六次

飛進波斯波利斯，老半天
不披戴面紗
是否有點冒險
那座巴姆古城
你看着它在地震裏
消失了

別帶去禽流感
也別帶回黃熱登革愛滋
這些入超，不如出超

小心俄烏的戰火
以巴仍在打
沒有時限
小心頑童的彈子
在空中盤旋的餓鷹
一旦遇上墮落天使
無人（性）飛機
那時候落下來的不是樹葉
而是鳥羽

你為修補坍塌的長城出力
不過含來一塊小石子
在蘇州、揚州看園林
又花心地愛上一隻
會唱崑曲的褐胸鶲

飛進半坡村的遺址

以為陶瓶裏真有游動的魚
秦俑的戰馬
全都乖乖的站定
因為秦法嚴峻

你説喝了兩口坎兒井
活該肚子作痛
在火焰山流連
當自己是齊天大聖麼
那可是大片大片的沙礫
幾分鐘就把雞蛋烤熟

坐烏篷船從富春下錢塘
搖過一江又一江
你也學人説：河山雖異
風景不殊；浪漫
真無可救藥

你盡情獵奇吧
累了，還不是回到我的懷裏
呢喃在睡夢裏
我從不羨慕，真的
你到過這許多地方
還是你的想像
哪裏還不是一樣？
鳥壽，不過一千日
而我，已經屹立七十年

花／草密語

開初，我們原有 10 億億不同的花草
——下刪 10 億個 0
我們不一定互相認識
——不需認識
人類呢，如今 80 億
——有加沒減，即使
　　不停打仗，經常地震
有幾種不同膚色
——即使同一膚色
有千萬種語言
——漸漸只賸下幾個
　　發言權
有無數令人亢奮
的主張
——說出來，都是偉大的思想
很會吵架
—— 一開一閉的嘴巴
　　都是鮮血，不是
　　自己的血
錢都花在武器上了
——有錢人仍然，更多的
　　是錢
我們樹木也有競爭

不過在自己的泥土上
——由蜂，由鳥分配
　　有時太擠了
　　像劏房
爭取的是陽光，雨水
——不是資源、地盤？
後來，我們的數目大減
——減得更多的是地盤
　　流失，污染
大概愚笨得沒有想到：
擴大樹族
——向人類效法：
　　強淩弱，眾暴寡？

蘋果

它看了又看，總不相信自己
膺選至愛的水果
微寒的清晨，同伴都擠在碟盤裏取暖
它呢，孤獨地擱在桌布邊
要它扮演，乖乖地，一個蘋果
跟其他蘋果不同的工作
當完成繪畫，要是畫家不滿意
誰知道呢？肅殺的刀鋒
本來就要剖開它的胸腔
是酸是甜，難道就是最終的答案？
矛盾啊，趁桌子傾斜正好
逃逸，它開始掙扎
希望成為藝術，跟其他不一樣
但宇宙洪荒，始終牢牢緊坐着
是油彩太黏稠沒有
　　　　　　　　落下
在一個書獃子的頭上
那是輾轉百多年之前
不知是他被擊暈了
還是，他本來就迷迷糊糊
總在沉吟甚麼
的傳說：老祖宗不過咬了一口
就被逐出伊甸園

他半信半疑，豈能科學地計算
而自己，會否放棄安逸的生活？
他靦腆，難以結交異性
可那麼一枚小小的蘋果
卻發現彼此的吸引力
精準地降落
自然界的奧秘
揭開了？

——《花草箋詩刊》

魚尾葵的頌詩

我經過遊樂場的零食店前
看見你
就想起一位朋友說
你的葉子像濟公的蒲扇
脫裂，不規則
像魚尾
沒有一片全緣
但扯下的，原為了普救世人
每一小片，讓我們每一次
度過災難的歲月
果實纍纍成串
紅、綠，轉灰
像念珠，默默地
保佑這城市。
你自稱無神論
不過是一廂情願
做一株平凡的樹未嘗不好
誠實地生活
但世人，可不領受啊
城市，瘋狂地發展
何曾願意聆聽
卑微的意見
那一天我就看到你們

被砍伐，出頭長高，被割削
我應該說句感謝
不，沒有應該這回事
應然與實存從來並非一碼子
那麼我嘗試不加修飾
　　　　堆砌
寫一篇頌詩
說說心意
有人說這是詩麼
你和我豈會在意
難道要說成頌歌
我又不會唱
你不受注目
牡丹、鳳凰木
色彩繽紛
春蘭夏竹，冬梅秋菊
你可從沒有成為雅士的金句
留夷、辟芷
美人芬草
沒有讓人愁牽草木
感歎花果飄零
你就是你自己
容易生長，友善，親和
不擇土壤，這天地
哪裏不是家鄉
哪裏，會全合心意呢
你可也不會媚俗討好
只有熟識你的人

會知道，偶爾留神
老朋友那樣，問安
不要過客式的驚豔
不會水仙花那樣自戀
我替朋友寫的頌詞
啊，夠了
溢美的話
想來你未必喜歡

——2023《大頭菜文藝月刊》

荷木

朋友附近的樓宇火災
好幾輛消防車、警車
嗚嗚地喊着趕來
他的窗戶早已關上
仍然一派閒情，神色不變
　　是否要下樓去，為策安全？
他往杯裏斟酒，說
你坐的，和我的椅子
抗火，還有桌子，書櫃
全都不怕火
他又乾了一杯
當然包括我這個主人
　　我猛搖我的頭：你肯定醉了。
還沒有，每次不過是一杯
你可知道，這些是甚麼木材
　　甚麼木材？
荷木
　　我還是第一次聽到這名字。
這是防火林的大將
高大喬木，其實是山茶科
　　山茶科，我暗地裏記住。
記得我們當年南來避地的父母輩
住的是自己搭建的木屋

我年紀小，不大記得。
六十年代聖誕節大火
火神作威作福
燒通了百多戶
後來知道了。
那就乾了你這一杯
由此誕生了公共廉屋
我家從石硤尾搬到黃大仙去。
到你兄弟長大，努力讀書
做教師，做醫生、律師
再搬到太古城、黃埔花園
生活算過得去吧，可如今的孩子
大學畢業即使，房屋也沒有着落。
首期，還得靠父母
這是另一場的大火
可沒有滅火車會到來
或者堵塞在半途裏
安定繁榮，你說呢
但跟荷木，有甚麼相干？
沒有，但建立一條起碼的
最低端的防火線
是否有一點的啓示
讓人畜牢靠地生活
活得有尊嚴。
從荷木說開去
他又開始掉書袋了。
防火的木材有許多
油茶、刺槐、臭椿

再在木材添加
甚麼有機、無機阻燃劑
你怎麼，要把這些寫下
　　不過每天學一點東西。
荷木堅韌，常綠
樹身、葉片都含大量水分
油質很低
火神也識趣，退去
　　這麼神奇？
是的，而且素雅芳香
　　我嗅嗅椅子，只聞到酒味。
哦，不在鼻子，而是喝進肚子
荷木其實稍微有毒
會令人發癢；這是防衛的機制
對了，喝的，吃的
　　還有甚麼不添加？
荷木單葉互生，橢圓形
妙在可提取單寧
跟葡萄皮、葡萄籽的單寧匯合
酒會厚實，口感圓潤
貯酒的橡木桶也有單寧成分
抗蟲抗腐，抗氧化
　　還會抗火？
你喜歡的白葡萄酒
去皮，去籽，就去了半成武功
　　我連忙跟他舉杯。我想
　　大喝荷木，豈非長生不老？
　　但整晚不斷聽到嗚嗚

淒厲的警號。

——《喇叭花詩刊》

仙人掌的頌詩

我們都很擔心當看見狐猴
跳落
仙人掌的樹梢
佈滿尖刺
像地雷
可安然無恙
還在掌上耍玩
仙人掌神態自若
不説歡迎也沒有拒絕
經不起頑猴的耍玩
還配稱仙人麼

在上海野生動物園裏
管理員讓我們給狐猴餵食香蕉
好幾隻狐猴
曾爬上朋友和我的頭頂
這可慘了，我也以為
牠們的指爪原來那麼細嫩
輕軟，還熱情地
和我握手

我應該頌讚狐猴，還是
仙人掌，還是

種植仙人掌的園地
你以為呢

那是仙人掌自我生成
許多年的積澱
一面自我保護，另一面
接納、寬容，你說
同樣接納、寬容的園地
逐漸少了
仙人掌會貯存好水分
以備乾旱炎酷的日子

我們同時看見這一群狐猴
把外來想分食的狐猴驅趕
食物也是足夠的啊
不過，我們也會對付侵凌
用任何武器
用語言
　　　文學藝術
　　　　　　　反抗
但友善，外來
我們是否也會
友善地接待
更不會虛弱得怕聽
不同的聲音
到頭來，彼此傷害？

——2023《大頭菜文藝月刊》

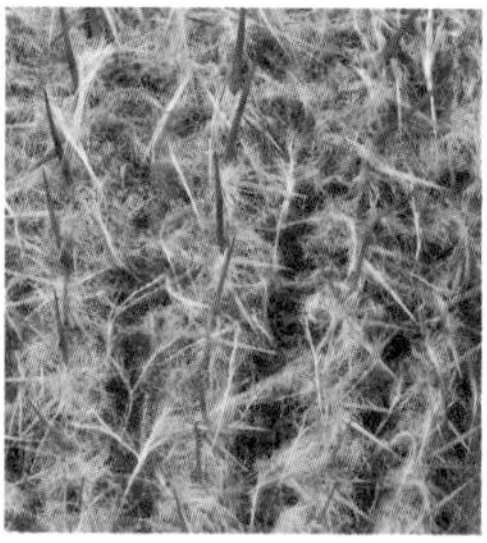

超市旁的金蒲桃

一輛超市的貨車衝來
撞到金蒲桃
他大聲慘叫
可對面的石栗叫他閉嘴：
你本來已經夠苗條
長期營養不良
缺氮，缺磷，欠鉀，欠硫
唯一過多的，是廢氣
發展，受嚴格管制
不容分枝
喜歡陽光麼
可不用你遮蔭
黃花，也不讓你開
確保蜂蝶不來
偶爾一個大廈管理員
好心為你灑一點水
你感激得流涕
那其實是她在洗滌水杯
你的哭訴，沒有人會聽到
人類自己尚且不睦鄰
所謂立案法團鎮日吵嘴
你算甚麼？不過是
小小的點綴

好處是樹幹通直
不忌砂質土
耐旱，抗害蟲
不嫌長在我城
狹窄的人行道
真有人聽到
可就會嫌你吵耳
一株生事的樹
砍掉算了

——2023.4《脆麻花詩刊》

Initial

盆栽

把你縮小
放進盆裏
你喜歡嗎？
不用跋涉高山
也看到你盤曲蒼健之姿
　　　　　　　　　　倒懸
　　　　　　　　　　　　伸出枝杈
熱情地接待我們
可我們不再是客
而變成主人了
談笑的都是鴻儒
沒有看不起白丁的意思
低端階層當然可以發言
只是難找共通話題罷了
朋友和我也學做微型屋
一比五十，一比八十
是木材，是塑膠
都不是生靈，地方
不足，可把屋頂及地庫削去
你從大自然裏來
移居室內
盆裏選了你適合的土壤
能伸，誰不會呢

　　　　　　　難在能屈
原初的挺拔
你一直堅守原型
呼吸，不過縮龍成寸
小了，可沒有減少
只需約略施肥
　　　　　　小量的水
　　　　　　日照，也不一定要
再不用風吹雨打
不管遠近有戰爭
在溫室裏，永遠
那麼清幽雅致
一首詩，一闋詞
價錢，可豐可儉
　　　　　　　因此
從沒有人問你
是否喜歡這樣子
這是傳統文化
的表徵，是藝術
你怎能不滿意

——2023.4《喇叭花詩刊》

花草箋

雪蓮的故事

她有這麼一個漂亮的名字
可不長在天山
長在民間
土瓜灣一所茶餐廳做侍應
每天早晨，對我說：
照舊，老闆？
疫情期間，生意慘淡
跟人客閒聊，告訴我
是老爸當年看武俠小說
給她起的名字
我想起四十年前到吐魯番
遇見武俠小說的作家
阿蔡指着地上的天山雪蓮
調皮地對他說：要不要買一大包
不過兩毛錢？
小說家一味苦笑
當年我追看他在報上的連載
會因為買不到報紙搜索好幾條街
近年偶爾翻翻
竟再提不起興趣
雪蓮只讀到初中就出外做事
輾轉做過售貨員
收銀，送貨

還與朋友開過小店
不足一年倒閉了
結婚，然後離婚
她說沒遇上一個好男人
包括她老爸
只讓她兩個弟弟升學讀書
書讀完，不是都移民走了
老公麼？只會跑馬
孩子跟她，也快中學畢業
母女倆住劏房
無論如何要讓女兒讀大學
無論如何，就做兩份工作
她在這茶餐廳轉眼五年
艱難的日子也沒有把她辭退
老闆，「得人恩果千年記」
對任何茶客她都叫老闆
天山？她答
還不是一個山
還不是照舊要吃飯？
「邊有咁大隻蛤乸」
她聳聳肩：老闆，我怕冷

——《酢漿草詩刊》

陰陽蓮

旱蓮

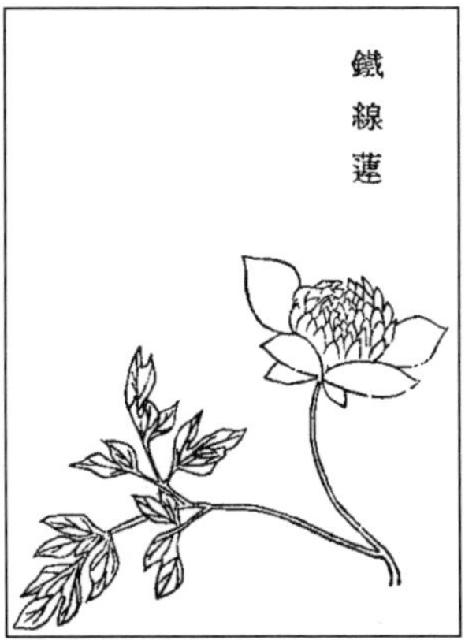
鐵線蓮

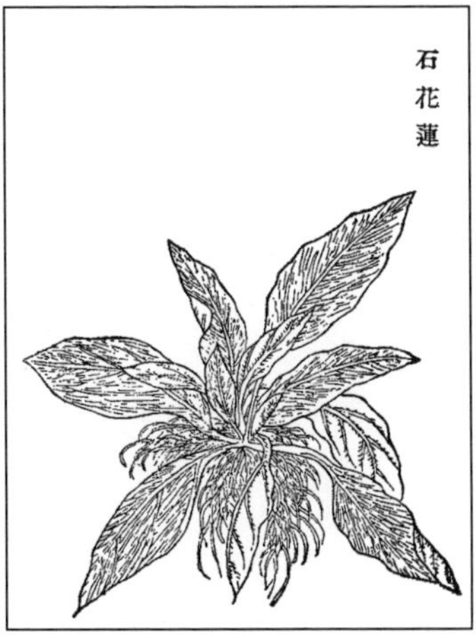
石花蓮

地湧金蓮

問樹

要是打仗了，你會站在哪裏？
哪裏？就站穩我的立場。

哪是甚麼的立場？
土壤、雨露、陽光，立定在我出生、成長的地方。

要是世界末日呢？
還可以在哪裏？一切都消失了，已經無所謂地獄與天堂。

你真當自己是一株樹？
不是樹，還可以是甚麼？

——《紫荊花詩刊》

牡丹與雀梅藤

評鑑花木，最好的評審
公認是鳥兒
可有的鳥兒吃素
要求花葉新鮮
有的吃肉
要求有蟲蟻提供
但大抵都要花木健壯
歡迎他們免費食宿
可這麼一來，你知道
有些很吵鬧
自以為最擅唱
有些，可當自己是房東
在這裏收發電郵
招呼其他親友

問題在，樹就是樹了
需要評審麼？
要的，否則整個樹林
花謝花開，要悶得發慌
拿了獎的牡丹
對雀梅藤説：
我的祖父母的祖父母
早已豔絕群芳

堪稱花中之王
受其他花樹仰慕
天下注目，有何不好
方便接收更好的日照和雨露
雀梅藤，誰會聽過
花瓣像雀，花姿似梅
山寨仿品罷了
可爬在地上
枝幹帶刺

雀梅藤酸溜溜的
反駁說：
甚麼的標準？這矮子
肯定是雜種
經過整容
豔得那麼俗
別得意：烏鴉的評語
到了下一任的杜鵑
會迴然不同

——2022.6《酢漿草詩刊》

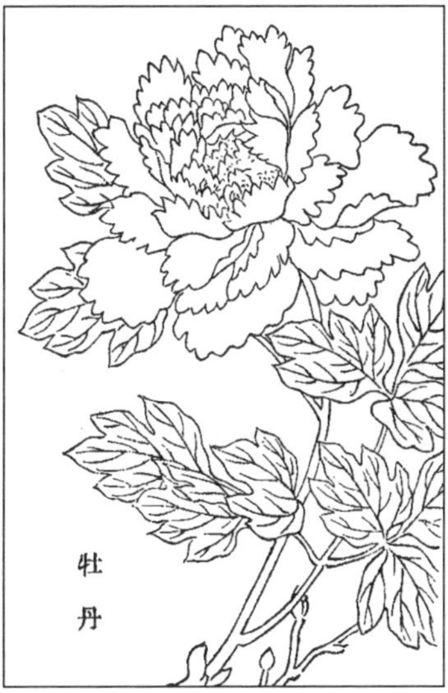
牡丹

花圈

她沿着圓圓的竹藤從容地走了一圈
一路編織菊花、白玫瑰、黃槐……
有無數發現，無限欣喜
也有哀愁，一點點
不然，就像壞了的寒暑表
度數固定，還有甚麼樂趣呢
她回到了起點了
我們一時跟不上
捨不得也只好説再見
然後深切地懷念

花謝辭

感謝蜂哥
你嗡嗡的歌聲真好聽
讓我每天都活得高興

感謝蝶姊
讓我學會溫柔、謙卑
送我的子女到美麗的地方

感謝陽光、雨露
不太多，也不太少
讓我活得健康、平安

感謝人類
沒有任意把我摘掉
經常來探訪，還讚我俏妙

感謝父母
賜我生命，那怕很短暫
我仍會誠懇地不負此生

卷二

中國園林

寫園

園字寫來穩定牢靠
把長方的三面圈起來
像四合院，背外朝內
就不受滋擾
然後在其中仔細經營
你可以像詩人那樣
為它命名
你自謙：因為拙於政事
只好留神花草
開荒，動土
或者門前有一條溪水
你無意改變它的方向
就喜滋滋地說：滄浪之水
濁兮，可以濯我足
總之，這裏玄妙曲折
很難一筆寫完，你也不想
一眼被人看穿；進了門
你開始堆疊屏風
要瘦，要透，要漏，要醜
湖石宜於拔尖，黃石
要花時間修腳；然後
你把視線放開
剛好就對準寬闊的湖面

一面會呼吸的鏡子
不染纖塵，非有非無
成為全園風光的聚焦
你在留白裏想像
裊裊荷香
斜泊一條無人駕駛的旱船
你想像那麼一個仁人君子
走過橋樑
登上了亭子怡然望遠
禁不住驚歎：果然園裏有園
故事裏有故事，即使
硬要把它簡化、縮小
最後你把後門虛掩
彷彿就把喧嘩都關在外面

蘇軾字

殿春簃

「殿春簃」是蘇州網師園內北側一個園中園。網師園建於南宋，到了明代，園主加建用作書齋，故另稱「明軒」。殿春簃，名字典雅，意取蘇軾詩句「尚留芍藥殿春風」，「殿」是指最末，殿後之意，「殿春」，即春末；「簃」則是樓閣旁的小書屋，小巧而精緻，獨立，秀美。張大千兄弟曾寄寓於此，張善孖且曾飼養一小虎。美國紐約大都會藝術博物館據此以一比一仿建。這是中國園子移居外國之始。

可以把一座園子複製
搬遷到現代化的大都會
安放在玻璃天棚裏
加上照明和空調？
當它離開了原有的土壤
芍藥、夾竹桃，吸收了先進的農藥
會否思鄉？關山如今可以飛渡
白皮松可曾也把悠悠的歲月縮短？
當泉水斷了脈源，重新
匯合其他的水流，在清冽裏
是否帶一絲生澀的味道？
當它壁還漏窗借來東院的
景色，會否變得涼薄？
庭院鋪地的魚網紋

會否緬懷去了打魚的主人？
當它告別了賴以隱秀
時而競秀，互相支援的
園外園，從小小的一隅
獨自面對各方的訪客
顛覆了一座園子的故事
原本從相地開始
它從中間講起自己的身世

它令我欲前且卻，老想着這些
只怕太快把園子走完
我告訴朋友：我聽到前人度曲的餘音
裊裊在捲棚頂上纏繞
還有雛虎對母虎幾聲的低喚

—— 2000.5

殿春簃

个園

在揚州的个園看到一組久已移植外地，又再移植回來的竹樹。

假山原來也有季節
歲月藏在石漏裏
過去了又回來
每逢日照
你就在地上書寫
或者，把自己的影子
　　　　　　　　　借給白粉牆

流水，婀娜地走去
靜靜地走來

清漪亭上
兩個長者在下棋
留下一個，在發呆

我們接續剛才的話題
你説你在異園裏生長
多年後回來
可鄉音無改
但一時還認不出你呢

足下猶帶不同泥土
的芳香，直到肢體語言
　　　　　　　　　　　　　　个个
个个，个个
各自伸直腰脊
形象的名字
這，我們原來久別重逢
既陌生，又親切

聽雨軒

拙政園內園中園

按圖遊園
走過枇杷園、玲瓏館
沿曲廊轉折
聽雨軒，原來躲在
偏東南小小一角
軒前一泓荷池綠滿
池邊長滿芭蕉、翠竹
據説雨時濛濛輕煙
蕉葉黃荷葉碧
瀟瀟淅瀝
倚坐欄邊靜聽
塵垢滌蕩，空靈
　　　　　　可惜
　　　　　　一直沒有雨

但到底避不開戰火
抗日時期，竹蕉傾頹
蒿艾進佔，一株臭椿
竊竊生於池邊
十年後，長成大樹
披幅大半荷池

縱深繁殖
斬伐不易，且有微臭
只好任其生滅
不久，文革禍延舊院
舊物破壞殆盡
可臭椿苦木
誰也不屑一顧
還是它聽得最多風雨
它找到了對付時間
最好的方法：
遺忘

如今定名為古木

聽雨軒

獅子林

多年前一群孩童在玩捉迷藏
生活，千瘡百孔
高低起伏

玩累了
有一個躲在石漏裏
不肯出來

大人不得不走了
他仍在等待
那麼一聲：解除

直等到天荒地老
然後，也渾忘了
為甚麼等下去

他聽到外面的笑聲
不同的孩童
探頭進來

獅子林

滄浪亭

先在門前的溪水洗滌腳下的塵埃
也別把塵俗的心帶進來
然後沿着門邊的複廊走走
看看花牆這一頭的景致，可別錯過
壁上漏窗的另一邊
我們總迷信自己的眼光
私家的園林，自定的遊園路線
而且用假山障景
要你搜尋，發現
你看過開放的園林麼？
當你看園，高阜古臺
有人同時在四方石亭上看你
在看山樓上，在面水軒前面
這裏那裏，總有人看得比你仔細
看得深遠；只要把心眼打開
去看那些浮動的山峰
或者到御碑亭下看潭，如臨深淵
去觀魚處看魚，魚寂
豈有言語？去看日照西斜
樹木終於老去，光影會合
依稀再沒有甚麼可看了
兩人這才從亭上走下
跟你擦肩而過

其中一人，你仍然沒有看破
別當是女扮男裝的芸娘好麼？

引靜橋

網師園內，俗稱三步橋，全長 2.4 米

你可是全蘇州最有幽默感的橋？
一個大塊頭的外國遊客
按圖尋覓，幾乎把你錯過了
本來大步就跨過去
卻在橋上流連
是怕靜美的景致
太快看完，抑或
像旁邊的立石所書
待潮？

是橋下盤澗
要為訪客引來
安寧的心境？

可那麼一個巨人屹立在
小小的石橋上
顧盼兩邊
走下去，還是走回來？

弧形，小小，橋面正中
刻上花形淺浮雕

橋身藤蘿纏繞

我在漏窗裏看見
他成為借景了

清暉園

入門是一株高大的銀杏
你說的，這是嶺南最美麗的障景
是要大家留神過程，耐心細節
(總怪我粗枝大葉)
背後是更高大的白蘭
是人參果、假蘋婆、大樹菠蘿
聞到嗎？淡淡清香
我們先在園外的茶樓喝早茶
蝦餃，燒賣，叉燒包
親切的廣東話
(是的，從味覺到聽覺
都蘇醒了)
熱鬧，喧嘩
好像我們從沒有離開過
我們，上幾代的父母
到我們午後出園
忽爾椅桌盡撤
人全散了
(彷彿花殘紅褪
我們閃回突變的時代
再多元重疊)
當年，只見黑白的畫面
佞臣當道，園主

辭官南歸奉母
覓得小小的園地
一方安靜的角落讀書
定園名清暉
(也恬靜地寫作，但心緒
豈能安靜呢
悄悄地感到
盛世不再)
洋人不再來，來了
要向皇帝跪叩
侵凌，難道還需要藉口
多年來飽受戰火
一再廢弛也不斷
重建，天地那麼一個園子
可以有無數個
悲歡離合的故事
倖存的玉棠春、二百年的
木棉、紫藤，默默作證
我們回到斑斕的色彩
聽到嗎，銀杏、龍眼
娓娓私語
園主一再更換終於
成為自己的主人了
(告訴你，吾母的遠祖
曾是舊園主的遠親
幾代之後，輾轉，水淡於血)
私房園地，變為公眾休憩
不是更好麼，你說

我們在水榭的澄漪亭看荷池
荷花開了謝，謝了開
在碧溪草堂流連，走上
船廳，開敞的窗櫺
雕成蕩漾的波瀾
你問我，當年的玻璃屏門
鏤空的竹葉圖案
曾否被炮彈震碎？
（一切，反正都成碎片）
從遊廊，走進惜陰書屋
園子舊了，可以翻修
可以推倒重來
人呢，老了，只能說
青春挽不回

月圓

總盼望從另一角度看你
不再在指定的地點：在床前
在異鄉，在庭下藻荇交橫的天井
也不要在望遠鏡裏
把你放大，然後數你
日漸磨損的歲月
不要在水裏看你的回眸
那樣子的美擬真得太悲涼
更不要在指定的時間看你
像小情人約會在柳樹下
命定分手，許多年後
仍然徒然地彼此記掛
不，不要在指定的節日裏
看成程式的動作
失去那種原初邂逅的真純
失語，最後萎縮了感受
和想像，驚夢一場
從園內走出園外吧
看月圓也看月缺，月缺
豈是月的錯？總盼望
你也可以從另一角度
看我，不要因為我沒有鄉愁
偏愛秋天，不愛吃

節令那種膩味的餅
就魔鏡那樣把我看扁

——2000.9

後花園

沒有鴛鴦蝴蝶還配稱這名字麼？
本來隱遁在後面，遮遮掩掩
卻搬到了故事的前台
總在有月色的晚上
悄悄走過曲折的遊廊
不敢驚動正廳的長輩
他們似已睡去卻又在房裏不斷踱步徘徊
耳房鎖閉，分明長久再沒有人來
又好像，總留下一張張耳朵
然後會翻動嘴舌
加鹽加醋地描繪
踮足攀過牆頭
差點就踩空了腳
中了邪的人變得多麼文弱
只怪自己詩詞太多
運動絕少
那鬼魅似的柳樹
在迎風飄拂着衣袂
要把人的精靈勾去？
一直在期待那早定的約會
由墜落的風箏扯線
兩頭狐狸閃入頹垣敗瓦的
草叢堆，蝙蝠在頭上掠過

又撲回來，發出淒厲的呼叫
我急忙把書本合上
從遊園的噩夢裏醒轉

——2002.8

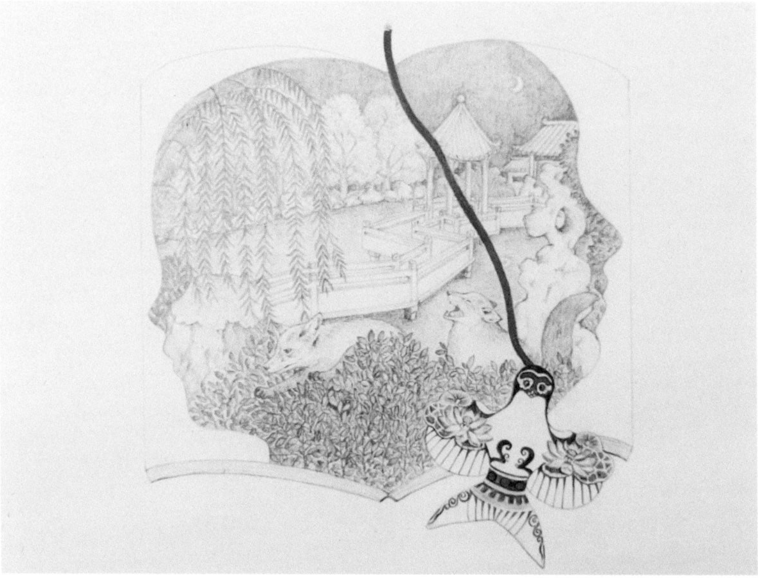

附錄

法國梧桐

1

法國並沒有法國梧桐。上世紀二十年代，法國梧桐隨着法國人遷徙到了中國，最先入住上海的法租界霞飛路一帶（今淮海中路），然後又到了南京各地。後來法國人走了，法國梧桐沒有走，顯然覺得這還是可以生活的地方，就生活下來，漸漸也習慣了。初來時他們獲得了一個新的有點浪漫其實並不準確的名稱：法國梧桐。不過樹木深植泥土，可以說來就來說走就走，可以隨意搬來搬去的麼？安土重遷，樹民之性。重，是看重，不輕易的意思。何況一棵樹，何曾真有選擇權？一旦落地，只要天氣不太冷、不太熱，雨水不太少，就能夠安身立命。而法國梧桐長得也夠高大的，最高足有 40 米，不怕城市廢氣長年累月的污染，不怕石屎水泥的夾逼，仍能生根，發芽，繁衍。他們注定要生長在城市裏，是城市，而不是名山勝川。

在中國，他們見過世面，經歷過大大小小的變化，更兼兩次戰火，最慘烈的一次在南京，那是 1937 年，日本軍閥屠城；法國梧桐落籍南京還是不太早之前的事，1928 年為孫中山奉安大典應聘而來，守護在靈車所過兩旁的道路，一共有兩萬株。他們目睹人類對人類的殘殺。樹木是有記憶的，也不會作假，他們是大仁不仁，因博愛而無所偏愛，這時候不走，除非被驅逐吧，就不走了。南京人也跟上海人一樣，叫他們做法國梧桐。幾年前，2011 年，南京政府因為規劃地鐵行車路線，要移走這兩萬株法國梧桐，南京人表示不同意，要保護這些共過患難的伙伴。

但法國梧桐根本不是梧桐樹，不是鳳凰會選擇棲遲的樹，不是黃昏時細雨點滴的詩意。他們甚至沒有親緣。中國人喜歡梧桐，那本來是《詩經》、莊子、雅士文人的想像，輾轉植入了民間的生活，成為美好的形象模式。事實上，梧桐雖然不算粗壯，倒也高大挺直，樹幹不分節，紋理細緻，所以可以做古琴，一如鳳凰那樣擅歌；而且果子可吃，當然可以做行道樹，但更適合觀賞。法國梧桐呢，果實在九至十月間成熟，吃不得，長相或者不如梧桐，可是他們比梧桐有更大的適應性。揚州一位做琴的資深師傅饒鋒說：「桐木其實是一種很奇特的木材。一般的樹木都是越往根部越硬，越往上長的部位越軟。而桐木恰恰相反。古人稱之為『本虛而幹實』，一塊上好的古琴面板，必須是軟硬適中的料子，哪怕是當行道樹的法國梧桐，料子選得好，也能做出音色絕美的好琴來。」法國梧桐原來遇到良師，同樣能夠成為好琴。上海人見他們像梧桐，同樣是落葉的喬木，也很好看，就比附為梧桐。那些年代，外國人對中國人不好，但外國人無論在任何時候也不是完全不好。我們當然也知道，原居民也有壞人，不是完全好。

法國真的並沒有法國梧桐，在香榭麗舍大道兩旁的樹，其實是懸鈴木，確切地說，是二球懸鈴木（platanus × acerifolia）。他們和到了中國的法國梧桐，是孿生，而且雌雄同株，不過一個留在老地方，一個飄泊到了外國。要是有一天他們相遇，會驚歎像照鏡子，鏡裏難分彼此，只是說不同的語言。是語言把人類也把動植物分開了。但不要以為法國就是這種懸鈴木的故鄉，即使有些中國人也叫他們做「法桐」，不是的，他們另有一個同樣錯誤而法國人肯定不認為有絲毫浪漫的名字：London planetree，有人譯為「倫敦大葉樹」，其實Plane就是懸鈴木，所以應該是「倫敦懸鈴木」。倫敦的懸鈴木，不單到了中國，也到了法國，這是另一個花果飄零的故事。花果飄零，儒家學者說來充滿傷感的情懷，我理解，可植物卻可以隨遇而安。大地、泥土，足下就成為故鄉。

在樹木的家譜裏，懸鈴木（platanus）自己獨立為一個屬，有七個種，顧名思義，因為果球像串鈴，懸掛在樹身。最先的懸鈴木出現在美洲，在東南歐，在印度；蒞臨中國的有三種懸鈴木，以果實粗略劃分：一個果球的叫一球懸鈴木（platanus occidentalis），生活在美洲，俗稱美國梧桐（American sycamore）；三個或以上果球的叫三球懸鈴木（platanus orientalis），原籍印度。至於兩個果球的叫二球懸鈴木，這個才是我們要說的主角，身份可有點複雜，據說他們來自十七世紀時英國沃克斯廳園（Vauxhall Gardens）的培植場，這是我們稱之為法國梧桐的移民，也是世上懸鈴木家族繁衍得最多的新族類，甚至有取代一球三球之勢，原來他們是混血兒，學名platanus × acerifolia中的 ×，就表示雜交的意思。那是英國的媒妁用一球和三球雜交的成果，即是東西方的結合，所以有那麼一個「倫敦懸鈴木」的稱號。這位植物媒人是John Tradescant the Younger，他和父親the Elder，同是著名的植物學及園藝家，父子倆都曾到各地旅行，好收集，尤其是各種植物，並且先後擔任查理一世及法國亨利埃塔·瑪麗亞（Henrietta Maria of France）皇后的園藝主管，據說是兒子接手園藝時替二球懸鈴木的父母配婚。這自是不少英國人的說法。不過英國皇家園藝學會的《植物學指南》（*RHS: Botany for Gardeners*）幫理不幫親，指認二球父母的婚姻，並沒有倫敦大笨鐘的見證（沒騙你，Big Ben在 1858 年才建成），一球與三球其實是十七世紀時在西班牙邂逅。羅密歐與茱麗葉在英國環球劇場演出，悲劇可發生在意大利的維洛納。植物學家的正名，也是在十七世紀才出現的，儘管人類對樹木的興趣要早得多。

早期，研究植物主要是為了草藥，用作觀賞以至其他是後來的事。中國李時珍的《本草綱目》在明代1596年出版。更早期，古希臘的泰奧弗拉斯托斯（Theophrastos，公元前371年-公元前287年）受亞里士多德研究動物的影響（他們同是柏拉圖的學生，他後來又跟學長阿里士多德學習，並且接收了阿里士多德的所有藏書，成為逍遙派領袖），研究植物時認為植物其實也是動物，不過是倒豎葱那樣，腳朝天，頭埋在地下。泰奧弗拉斯托斯是個妙人，寫過本有趣的《人物素描》（*Characters*），曾由水建馥從古希臘文譯出，是小品文的鼻祖，書中寥寥數筆，即傳神地描述三十種壞人，劣行例如口是心非、阿諛逢迎、不要臉、包庇等等，堪稱波赫斯《惡棍列傳》的前傳。他沒有寫好人，哪怕是三個。不知是他認為人根本沒有好的，還是他錯過了。植物可無所謂好壞，只有當人引為同類，才變成有害無害。然而植物的確是動物，人也是動物，不過樹木不像人那樣終日以至一生走來走去，他們兀自立定罷了。我們何妨也倒豎葱地想，人類上窮碧落，何嘗不是各自為了尋找一個安頓的地方？

溯源是重要的，可不必說絕了。真要追溯起來，從大爆炸之後，豈敢斷言誰是自己遠祖的遠祖，或者認定自己就是甚麼的純種？中國史家說華夏與蠻夷，可誰不是三皇五帝的後裔？樹木的歷史比人類悠久得多，懸鈴木的祖先，因為大陸漂移，把一家人分開了，一些在這一頭，一些在另一頭，因應環境，演化出一點點不同的樣子。要是東是東，西是西，兩頭不相遇，那麼就不會誕生法國梧桐。法國梧桐的誕生至今不足四百年，算是新生代，所以沒有神話，試管嬰兒，也沒有鄉思。而混血兒通常都是美麗的。大家都喜歡，不是當公子或公主那種喜歡，於是也沒有公子病公主病，讓他們站在行道的兩旁，好看極了，所以遍植歐洲，拿破崙沒有征服英國，就當是戰利品，慰情聊勝無吧，把他們移植到法國。後來，許多年後，法國人到中國，也把他們帶到租界去。那些離鄉的法國人，大抵以為看到他們，就不當是租來的地方。

其實二球來華之前，他們的單親三球懸鈴木早就到了中國，那是印度高僧鳩摩羅什到來宏揚佛教時帶來的禮物，種植在西安鳩摩羅什古廟前，所以又叫「淨土樹」，距今已經一千六百多年。樹有宗教性，樹下沉思，令釋迦覺悟，要度一切困厄；吃了樹上的禁果，卻令人類被逐出伊甸園。只是奇怪淨土樹一直不能推廣，與西安有緣的行道樹，還是法國梧桐。科莫斯（Allen J. Coombes）寫的《樹木圖鑑》（*Trees*），中譯以二球懸鈴木（London plane）為「英國梧桐」，三球懸鈴木（oriental plane）為「法國梧桐」。法國梧桐是中國人的叫法，並非世界通行。植物可以有俗名，因地而異，但他們的世界語言，仍然是拉丁文；要不是這樣，每一棵樹就是一座巴別塔。我喜歡法國梧桐這名字，他甚至不宜簡稱為「法梧」、「法桐」，前者是一個獨特的意符，屬於廣義的歸化，既取得華籍（acquired nationality），又毋忘出處。上海人這樣稱呼，不見得完全出於無知。後者的簡稱，多了一分認真，失去更多獨有的趣味，因為這絕對是中國人的叫法，例如日本新感覺派作家橫光利一在上世紀二十年代到了上海，就稱靜安寺前的樹木為懸鈴木，或篠懸木。

至於二球三球之別，固然是果球的差異，還有的是樹身、樹葉。純種的三球懸鈴木稍矮，最高約只有 30 米，高度不易覺察，較易辨別的是樹葉，三球的樹葉作掌形五角狀，有點像海星，五角的分叉較深，於是葉尖尖削、葉面淺窄。二球呢，樹葉同樣作掌狀五角形，分叉較淺，葉面寬闊得多。

還是混血兒較漂亮，較受歡迎，除了好看，更因為他們較適合城市生活，比梧桐，甚至比一球三球更適合。園藝作家南茜・羅斯・胡格（Nancy Ross Hugo）說一球懸鈴木會感染炭疽病的細菌。(《樹木的秘密生活》，*Seeing Trees: Discover the Extraordinary Secrets of Everyday Trees*）二球粗生，葉大，夏天時可以為行人遮蔭，冬日時落葉，又不積雪，可以讓行人接收稀疏難得的陽光。不過我看「倫敦懸鈴木」1674 年在劍橋郡伊利（Ely, Cambridgeshire）的照片，那是最早的混種，樹幹卻十分粗壯，像大塊頭的榕樹，足有十數成人合攏的身材，而且左右橫生。後來成為行道樹，顯然再經過選枝瘦身，加以改造，相比之下，變得纖巧得多，樹幹長到二、三米才伸展，也並不太遼闊，較宜修剪。行道樹必須修剪，像理髮，不過許多樹修剪時要大量折枝，要砍要伐，你會聽到樹的慘叫。如果修剪得不好，留下太大的傷口，會生蟲生菌。至於樹身淡綠，樹皮更會剝落，剝落後露出光滑、白皙的皮膚，這，好得很，吸了大量的城市廢氣、塵垢，會自動換一套新衣服；髒了，再換。這是為甚麼十八世紀時在倫敦大受歡迎，還有哪一種樹木，抵受得住工業革命帶來的瀰天煤屑，而且要抵受二三百年？在沒有法國梧桐的橫街，晚上烏煙瘴氣，綁架、謀殺，塑造出福爾摩斯、馬波小姐（Miss Marple）一類人材。

當然皮膚剝落的樹木不少，例如白楊，主要還是早晚溫差太大之故。又例如白千層，年紀輕輕，樹皮已經撕開一層層灰白色，剝下來可以寫詩，所以英文俗名叫「紙皮樹」（Paper-bark tree）。這是另一種有趣的樹，但由於繁殖力強，會對原居民構成威脅。《國際自然保育聯盟》(IUCN)把他們列為最富侵略性的品種之一，直當是恐怖分子，罪證之一據說曾嚴重地破壞了美國佛羅里達州的自然生態，所以這些移民要經過嚴格審查，才獲得入境簽證。——不過若論繁殖力之強，則人類堪稱萬物之首，人類霸佔了動植物的空間和時間還會少麼，而動植物原本都各有防禦機制，而大自然自會維持一種平衡，然則是誰把平衡破壞了？但植物可也不必太難過，人之對其他人，同樣嚴拒涉嫌有侵略性的品種。

二球懸鈴木不是沒有缺點的，對人類而言，四五月開花時節，散落滿天花粉，會令患花粉症的人不舒服，嚴重的會引發哮喘。儘管是這樣，瑕並不掩瑜，如今倫敦、紐約、馬德里，澳洲的悉尼、墨爾本、布里斯班、阿地利，以至中國不少城市，行道樹都以二球懸鈴木為主。可惜一本講行道樹的書，洋洋灑灑，竟遺漏了他們的名字。

2

我第一次知道法國梧桐的名字，那是讀到西西的小詩〈法國梧桐〉(1978年)，其後她又寫了一文，詩附在文章裏。西西1937年在上海浦東出生，在法租界讀小學，1950年隨父母來港。她到法國旅行，特別想看看的不是羅浮宮、塞納河、紅磨坊或者蒙馬特，而是法國梧桐。文中她提到二球懸鈴木，指出即是法國梧桐，她說：

年紀很小的時候，我已經認識法國梧桐了。這是沒有辦法的事。如果可以選擇，我希望我能夠先認識荷花，但我誕生的城市，並沒有荷花，祇有滿街滿巷的法國梧桐。別人說起垂柳和桃李，我無法想像，書本裏的蒼松與臘梅，都是遙遠不可捉摸的事物；白楊樹呵，銀杏樹呵，彷彿荷蘭的木屐，愛斯基摩人的冰屋。

認識法國梧桐的過程，其實亦是我個人從童年過渡到少年的一個階段。最先認識法國梧桐是認識葉子的形狀，如同一隻隻伸展的手掌，拾起一片法國梧桐的葉子，可以把葉梗取來耍鬥，那是兒童喜愛的一種遊戲。起先是葉子的形狀，然後就是葉子的動態了。深秋的長街上，哪裏不是法國梧桐焦黃色的落葉呢。而秋風在這個季節是一名喝醉了的舞者。落葉，沙礫與塵土，隨風飛揚，落在每個人的髮上，拍打在每個人的臉上。如果沒有了落葉，秋天怎麼像秋天。

法國梧桐不是白楊樹，它是一類靜寂的植物，然而落葉踩在腳下，發出沙沙的響聲，秋天因此成為一首歌。隨着吟唱的，就有了蟋蟀，就有了連綿的細雨，就有街頭巷尾賣沙角菱和珍珠米的呼喚。是因為法國梧桐，所以知道有蟬。蟬聲最濃的日子，總是學校考試的日子，打開一本課本坐在樹蔭下，涼風拂來，雖然考試的重擔一如蟬的四面楚歌，但聽着聽着，不久還是習慣了。

法國梧桐也像羅蓋，兒童都在這晴天遮陽、陰天蔽雨的大傘下長大長高，但法國梧桐自己彷彿經久不變，除了每年更換一次綠衣黃裳。三、兩歲時必須仰頭看它，十幾歲時仍然要仰頭看它。許多年來，它既不離鄉別井，也不到處流浪，沉默地站在固定的位置，反而是當年樹下嬉耍的小孩子，長大了，離開了。

——〈法國梧桐〉，1981 年

法國梧桐從英法各地輾轉來到了上海，那是離家的人把他們帶在身邊，從一個地方去到另一個地方。好像樹木會走路似的。但其實樹木同樣可以把人從一個地方帶到另一個地方。人也不過是靈長目，上了樹，可以從一棵樹跳到另一棵樹，那是卡爾維諾寫祖先的故事，那位小小的男爵因為在樹上觀察到樹下人類的種種劣行，發誓從此不再下來，他以樹木做家，做橋，到過許多地方，認識許多人物，他果然再沒有下來。老了，最後怎樣收結，對不起，請大家看書。這是歐洲近數十年來我最喜歡的小說。我沒有說它寫得最好，只是說我最喜歡。

西西原籍廣東中山，故鄉已無親人，中年後到過中山，並沒有回鄉的感覺。反而旅行到法國時特別想看看法國梧桐，也明知法國並非法國梧桐的故鄉，她想到的是幼年的生活，生活過的地方。這裏沒有鄉愁，而是童年的記憶，那些遙遠的記憶，往往聚焦在某些事物上。我的兄姊離港數十年，想到香港的甚麼呢？那是雲吞麵、缽仔糕，是冬夜樓下一聲聲裹蒸粽的叫賣，彷彿為寒冷帶來一點點溫熱。這些，都不是甚麼珍稀，不，都不過是尋常口味，但唯有借助感官才具體踏實，替代對一個城市日漸消逝的記憶。偶爾回來，反而不一定要吃了。我幼年時一度生活在新界大埔，那時的大埔沒有高樓大廈，沒有公共汽車行駛，父親曾在沙螺洞做村校東園小學的校長，我鎮日在樹林裏遊玩，——那時的確有連綿的樹林，我見過大蟒蛇、野豬，還聽到附近林村出現過虎蹤，大人都有點緊張。可惜我並不多識樹木的名字，也沒有興趣多識，於是也沒有樹木的記憶。我記得的全是玩意，打彈子、拍公仔紙、捉魚、鬥金絲貓（即豹虎）。我以為童年時能夠跟大自然一種樹木建立親暱的關係，是十分難能可貴的經驗，尤其是本來就一直在城市裏生活。作家是依靠經驗寫作的，各種感官的經驗。西西在《候鳥》裏有更多童年的描述。原來法國梧桐的葉子也是可以耍玩的，踩在腳下會沙沙作響，還引來蟋蟀、蟬的吟唱，有動靜聲色，有時間的流逝，人事的遷變，人和樹木彼此代用，成為獨特的意象，成為寫作的源泉。

而香港沒有甚麼行道樹，彌敦道的榕樹已砍伐得七零八落，法國梧桐更少，大抵只有西環的中山公園可見。鄉情日薄，多少由於大自然的失落？

最近我和朋友到了上海黃浦，這次特別留神觀看樹木，從靜安寺一路走到當年西西的小學，整個城市無疑翻新了，和我十多年前到來，顯然不同，和西西當年，六七十年前，當然有了更大的改變。我們畢竟都不再年輕了，但果然，夾道的都是法國梧桐，他們仍然屹立在那裏，從沒有離開過。我拾起一片落葉，夾在書本裏，他從書本裏來，回到了原來的地方。

責任編輯：羅國洪
封面設計：余穎欣
封面繪畫：余穎欣
內文攝影：何福仁
內文繪畫：余穎欣
（〈如果〉、〈金合歡與長頸鹿〉、〈荷木〉、〈問樹〉）
諾樂
（〈樹想〉、〈香港過路黃〉、〈書帶草〉、〈草〉、〈紫薇〉、〈向日葵〉、〈夾竹桃〉、〈含羞草〉、〈萱草〉、〈柳〉、〈人心果〉、〈菊〉、〈大王花〉、〈銀杏〉、〈梧桐〉、〈沒有名字的樹〉、〈我從不羨慕鳥兒〉、〈花/草密語〉、〈蘋果〉、〈花謝辭〉、〈後花園〉）

花草箋

作　　者：何福仁

出　　版：匯智出版有限公司
香港九龍尖沙咀赫德道2A首邦行8樓803室
電話：2390 0605　　傳真：2142 3161
網址：http://www.ip.com.hk

發　　行：聯合新零售（香港）有限公司
香港新界荃灣德士古道 220-248 號荃灣工業中心 16 樓
電話：2150 2100　　傳真：2407 3062

印　　刷：陽光（彩美）印刷有限公司

版　　次：2023 年 10 月初版

國際書號：978-988-76912-4-2

何福仁詩集

《孔林裏的駐校青蛙》

《愛在瘟疫時》